没有手机的生活

【法】吉普 ◎ 著 ／ 艾迪斯·香彭 ◎ 绘

梅思繁 ◎ 译

浙江人民美术出版社

译者前言
Preface / 梅思繁
成长的美丽与澎湃

这是一套向即将走入，或者已经走入青春岁月的年轻生命们，讲述关于成长中的万千情感，各种疑惑，生命和社会的难解命题的丰富小书。这同时也是一套所有的成年人也许都应该拿起来读一读的有趣作品。它会让已经远离青春岁月的成年人，重新记得这段人生中的特殊时光。它更会令成年人懂得青春期的复杂与不易，让他们更好地陪伴在孩子们的身边，度过这段既美好又时常充满动荡与变换的时期。

主人公索尼娅是个11岁多的女孩。她聪慧、敏感，喜欢新鲜事物，充满着生命力。父母的离异带给这个刚刚告别童年的女孩，对成人世界的各种不解，以及印在她心中的深深的伤痛与失落。家庭与父母给予她的在童年时的支撑与力量，随着父母的分离，瞬间消失了。她又恰恰在此时，走入了青春期——一个自我意识与身份在这一时期开始逐渐形成的，生命中尤为重要的阶段。

跟随着索尼娅的校园生活，我们会看到，索尼娅和她的同伴们作为当今法国乃至整个西方社会的青少年，他们看待世界与社会的眼光；他们对独立的自我身份与话语权的要求；他们在情感上的诉求；他们对大量传统观念和事物的反叛，以及对新生的电子与科技社会的追随和融入。

这套书的两位作者，用最贴近现实的图画和语言，刻画了法国青少年的生存状态与面目。在这种毫无掩饰的真实讲述里，有一些话题也许会让我们的中文读者（尤其是成年人）觉得不那么自在。比如故事里涉及的青春期的两性情感问题，比如这些孩子对电子游戏与其他电子产品的沉迷，比如他们对传统文学的陌生，对嘻哈音乐的狂热……

我非常理解，我们的成年读者在读到这样的情节时，刚开始的时候会产生一些不首肯和淡淡的反对情绪。我作为一个在法国社会生活了十多年的成年人，我同样有着对于"索尼娅"们的态度和行为，有我的不认同和保留。但是当我仔细地观察一下我身边的"索尼娅"和"艾罗迪"，我不得不承认，两位作者在这套书里的刻画是无比真实与形象的。

我猜想，作者秉承这样坦诚的创作态度，是为了让青少年读者在这套书里找寻到他们对主人公的认同感。每一个青春期的孩子都会在这套丰富的作品里，读到自己的影子。这些主人公的快乐与烦恼，也是天下所有青春期的孩子们在经历着的丰富情感。作者的毫无隐藏，更是为了让所有的成年人，放下我们对青春期的各种偏见，用专注与理解的眼神去读懂青春期的孩子们的情感、诉求和对社会与成年人的期待。

索尼娅和她的同伴们，有着青春期群体的任性妄为、自以为是等缺点。但是他们同时拥有蓬勃的生命力、创造力，和勇于打破不公平的社会秩序，为那些少数以及弱小群体呐喊、争取权力的大胆和真诚。他们生在一个高科技和电子化的时代，自然而然地，对于传统社会的价值观念、生活方式甚至娱乐方式，他们都是不了解并有点嗤之以鼻的。但是一旦当他们读到雨果的诗歌，当他们亲身感受到田园生活的美好，他们有一颗比成年人柔软得多的心灵，会毫不犹豫地接受并且拥抱传统。

当我们读完索尼娅和她的同伴们的故事，我们会发现，这些看似离经叛道的年轻生命，其实与任何一个时代的青春期孩子都是一样的。他们以他们的方式，在寻找着属于自我的独立身份与人生轨迹。一切的反叛也好，惊世骇俗也好，绝不是他们的终极目的，而只是他们在面对成长中的巨大转型时的某种难言的不知所措。这些时常宣称自己已经非常独立的"索尼娅"们，在这个生命阶段，内心所寻求的恰恰是成年人与传统价值的智慧的理解与引领。

我相信，我们的青春期的少年们，在读完这套精彩出色的作品以后，会不由自主地偷笑起来。他们在这些故事里读到了他们的日常生活、内心隐秘、欢乐与悲伤，他们更会在这些故事里找到很多困扰他们已久的各种人生与社会问题的答案。

我也相信，我们的成年人们，在读完索尼娅和她同伴们的故事以后，会用一种全新的眼光来看待他们身边正在经历着青春期的孩子们。他们会智慧地站在孩子们的身边，让他们的成长之路走得更加美好、有力、蓬勃。

小蚊子

一岁半，一只出生地不详的白色老鼠。他非常聪明，对索尼娅的生活极其了解，并且懂得保密。他喜欢人家抚摸他，但是不喜欢玩假扮老鼠的游戏。

索尼娅

11岁半。才刚刚告别童年的她，因为头上总是戴着顶红帽子，所以看起来像一只"甲壳虫"。她天不怕地不怕，固执得很，脑袋里充满了各种奇怪的念头。过生日的时候，爸爸送了她一部手机。她非常喜欢萨罗梅。

萨罗梅

12岁的他简直已经称霸天下了，一天能收到150条短信。因为长得好看，女孩子们都围着他转。克洛伊说，他故意扮演英俊男孩的角色。而实际上呢，他是个敏感并有点害羞的人。

克洛伊

12岁。她虽然嘴巴有些毒，但其实非常友善。她认识各种各样的人，善于和各种人打交道，和萨罗梅在同一所学校上学。索尼娅因为这一点十分嫉妒她。

索尼娅习惯了睡觉的时候也开着手机。有的时候都半夜了,她还在发短信。手机在枕头下面像只小老鼠一样地震动着。

索尼娅想到小的时候,就是掉了颗牙齿她都会得到一份礼物。想想这些陈年往事,真是觉得有点好笑!还是有了手机的生活要严肃正经得多。

克洛伊:
明天下午你去萨罗梅家吗?

还不知道,他的朋友会在他家。

克洛伊:
你爱他吗?

索尼娅敞开她的心扉，拍照片、听音乐……

没有了手机她可无法生活。自从爸爸妈妈离婚后，他们总是试着满足她的各种任性要求。

有一天，索尼娅把一只白色的老鼠带回家。然后又有一天，爸爸给她买了一款最流行的手机。

索尼娅不喜欢夏滋尔女士的法语课……
她根本没有复习明天课上要讲的儒勒·苏佩维埃尔的诗歌。管它呢，她要睡觉了。

早上起来得刷牙，当然最重要的是要化点妆，尽管妈妈不喜欢她化妆。索尼娅和妈妈还有老鼠小蚊子生活在一起。生活可不是每天都让人高兴的。妈妈什么都不明白，一点实事都不关心，连麦克·杰克逊死了都不知道。

我要把她送到老人院去。

我们的还不是一样！

可怜的妈妈在厨房里穿着睡裙，帮女儿复习功课。

这是谁的诗？

苏佩维埃尔！搞什么，妈妈！

妈妈说，从早到晚戴着耳机听音乐，会把耳朵听聋的。索尼娅当然不相信。

她戴着红色的帽子，帽子上套着耳机。

这天早上虽然她穿着黑色的外套，可还是觉得有点冷。

早上妈妈看见她出门的时候唱了让娜·玛斯的《红与黑》，这是首20世纪80年代的歌曲。

> 有点过时了……

去学校的路上，爸爸打电话来了。

你跟妈妈说，让她把心还给我。

你自己跟她说！

不许这么跟我说话！

好了，爸爸！

这天可开始得有点让人不怎么顺心，索尼娅不喜欢爸爸妈妈们用她的手机当传话筒……

还是像以前那样好，他们发短信讲些温柔的话……

索尼娅很久都没有收到信了,上一次还是克劳黛特奶奶给她寄了一张音乐贺卡。

里面有11支粉红色唱歌的蜡烛,加上奶奶有点发抖的笔迹。

祝你生日快乐,我的宝贝。好好学习。
——克劳黛特奶奶

Mark

克洛伊:哎,我跟你说,萨罗梅喜欢另一个人了……

就算手机是粉红色和灵巧好用都没有用,索尼娅这时候就想扇它一个耳光!

手机就跟人一样。有的时候你非得对它生气,它才能长记性。

在校园里……

> 你等会儿想干吗?

赛博是那种不太会说话的男孩,就是那种老得第一名的优秀生。

> 训老鼠!

这将成为你去夏滋尔女士的教室之前的当日最佳笑话。

索尼娅一边爬着楼梯,一边迅速地看了一眼她的法语课笔记本。

儒勒·苏佩维埃尔,1884年生于乌拉圭,法国诗人。他将散文与诗韵结合在一起,他喜欢……

索尼娅黑色的头发上戴着红色的帽子，看起来像一只好大的甲壳虫。外面的树已经掉光了叶子，只见灰色光秃秃的墙壁。

趁着艾罗迪帮索尼娅看着夏滋尔女士的时候,索尼娅把手伸到笔袋里悄悄地发了一条短信。

萨罗梅,你什么时候出来?

索尼娅喜欢用大拇指写字。自从她用笔写字以来,她的手上长了个老茧。

小的时候爸爸说,这是写字起的包。那时候她以为自己会像个骆驼一样。

那时候的她总是愉快地笑着,因为大家在一起很幸福。

萨罗梅是个12岁的英俊男孩。他一天会收到150条短信。

在学校食堂里,他吃饭的时候也把手机放在边上。吃一口,看一下手机。

这个世界是属于他的。

但是据跟他在一个学校上学的克洛伊说:

> 这家伙总是刻意扮演帅哥的角色。

儒勒·苏佩维埃尔：听着，请你学习远远地倾听。只需要将心掏出来，而不是耳朵……

　　夏滋尔女士不出声地往索尼娅边上走，她对这个戴着红色帽子的"甲壳虫"充满疑问。虽然艾罗迪猛地敲了她一下，可索尼娅还是在不停地打字。

把你的手机给我。

你跟你父母说,让他们来领,我有话要跟他们说。

索尼娅慢吞吞地把手机递了过去,然后她机械地把帽子摘下来……

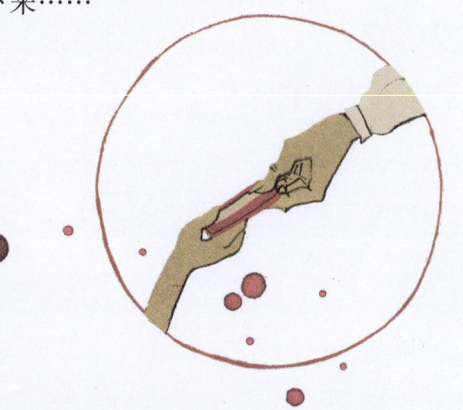

这下,她像只黑色的甲壳虫了。

她走在学校的走廊上,不停地说:

这下我该怎么办?

这下该怎么办才好?

所有的电话号码、音乐、照片都没有了……

如果没人来领手机的话,它会这么躺在夏滋尔女士的办公室,一直到学期结束。

赛博从她面前走过的时候,还说了句刺激她的话:

你让你的老鼠来领不就行了!

这天下午，索尼娅当然是没有去萨罗梅那里。

压根儿就没有人在乎我！
都没有人试着找到我，因为
我根本就是不存在的……

在街上闲逛的时候,索尼娅遇上了凯兰,她以前小学时候的朋友。

快救救我凯兰,手机借我用一下!

不行呢……

快点啦!!!

借给你的话,我到月底就没话费了!你自己想办法吧!!

17

这天晚上，索尼娅没跟妈妈提手机的事情就睡觉去了。

她把小蚊子放在枕头边，白色的小老鼠把身体蜷缩在索尼娅好闻的头发上，抽动着小胡子。

你愿意假扮老鼠跟我做游戏吗？

小蚊子虽然愿意，可是得掉颗牙齿才能拿到一个礼物……问题是，索尼娅的乳牙早就都掉光了。

明天再说吧。睡觉了！

（法国民间传说：小孩每掉一颗乳牙，把乳牙放在枕头下，老鼠在半夜里会把牙齿拿走，取而代之放下一件礼物或者一枚硬币。）

这天早上,索尼娅不太想去学校。

她穿着睡衣,站在卧室的窗户前看着外面。

人们散落在各个角落,可她却无法联络到他们。

她心想,印第安人用烟火来吸引注意力的方法倒真是不错。

或者是摩尔斯电码、非洲铜锣、漂流瓶……

突然,索尼娅有个主意……

她跑进厨房，把两罐酸奶倒掉，然后用一根绳子把它们连起来。

喂，索尼娅？

听得见吗？听得清楚吗？

你确定你没事？！

索尼娅穿上了她金龟子的衣服。可是在那衣服下面，依然藏着一只黑色甲壳虫。

> 我得自己想办法。

学校的操场上，索尼娅把艾罗迪拉到一边，指着一扇窗户说："楼上一楼的地方，正是夏滋尔女士的班级。"

没人看见她们。

索尼娅把她的帽子重重地按在脑门上，好像是在给自己打气。

> 艾罗迪，你掩护我吧。

索尼娅怕被人看见，从桌子底下一路往前爬，爬到夏滋尔女士的桌子处。她把耳朵贴到抽屉上，听见手机的震动声。

哗！

来了，我来拯救你！

可是一点办法都没有，抽屉被上了锁。
索尼娅好像听见萨罗梅打电话给她的声音……

接下来的周日,爸爸带索尼娅去餐厅吃饭。他们两个已经很久没见面了。

爸爸把手机放在桌上去洗手间的时候,她忍不住用手机发了条信息给萨罗梅。

> 我是索尼娅,我晚点跟你解释!老师把我的手机拿走了……

索尼娅只写了一句话……

她决定去看克劳黛特奶奶。
老太太一个人和她的猫生活在一起,所以绝对不能带上小蚊子。

你来看我真好。你很少来，一定是有什么麻烦事了吧？

我的法语老师把我的手机拿走了，我的男朋友喜欢另一个人，爸爸从来也不来看我们。除了这些，其他都好！
先从哪个问题开始说起？

索尼娅先说手机的事情。

我可安心得很。我阅读，花时间给我爱的人写信。

索尼娅想到了每年她会收到的生日贺卡。
她看到奶奶纤细的手和手上的斑点。她心想，奶奶倒是不像骆驼。

天气很冷，学校的操场上，索尼娅坐在长凳上。
她在纸上写着什么。

你在写什么？

既然你那么厉害，帮我纠正一下吧！

27

写得真好。

萨罗梅：

听着，你得学着远远地听我讲话。心灵的倾听比耳朵的倾听更重要。你会发现通向我的桥梁和路途，然后走向凝视与守望着你的我。

——索尼娅

这是从苏佩维埃尔那里学来的啦！

没有手机的生活也就这么过下来了。索尼娅开始阅读、骑自行车、写诗歌……再也不用当爸爸的传话筒了,也再没有克洛伊那些毒舌的信息了。

如果萨罗梅还是被关在夏滋尔女士的抽屉里,那他自己想其他办法就是了。

这样我就能看看,他是不是真的爱我。

妈妈为克劳黛特奶奶准备了一壶茶。爸爸也来了，坐在他的皮沙发上。爸爸摸着沙发的把手，小蚊子则在笼子里悠闲地半梦半醒着。

一开始的时候，谁都不敢开口，还是克劳黛特奶奶出声缓和了气氛。

奶奶站起来，放了一张让娜·玛斯的唱片。

我有个好主意，索尼娅肯定会高兴的，虽然我们不常见面。

这对从学校回来的索尼娅来说真是个好主意！她拥抱着爸爸妈妈，然后坐到了奶奶的身边。妈妈在客厅里跳着舞……

所有的人看起来都很高兴。

> 我今天收到了一条奇怪的消息，我一点都没明白。谁能给我解释下？

索尼娅机械地看着手机。

你的诗写得太赞了！！周六你干吗？

艾罗迪

11岁半,万能好朋友。这回她又因为别人的过错而被老师骂了。总有一天她也要成为一个明星。

爸爸

自从爸爸妈妈分开后,索尼娅不怎么常见到爸爸。两个星期才见一次。如果他不是太蠢的话,总有一天会回家的。否则,这家伙就是个恶心鬼……

妈妈

妈妈连"东京旅馆"这样的组合都不知道,索尼娅常常嘲笑她落伍。可她还是很爱妈妈的,不管怎么说,都是可怜的妈妈……

奶奶

克劳黛特奶奶年轻的时候可是非常好看的。现在她独自和她的猫生活在一起,负责维持全家秩序。她是索尼娅敢于倾诉心事的人。

献给所有

即将进入青春期的孩子们

©2011/12/13/14/15/16/17/18.Editions Mouck
All rights reserved
The simplified Chinese translation rights arranged through Rightol Media（本书中文简体版权经由锐拓传媒取得Email:copyright@rightol.com）

合同登记号：
图字：11-2018-14号

图书在版编目（CIP）数据

没有手机的生活 /(法) 吉普著；(法) 艾迪斯·香彭绘；梅思繁译. -- 杭州：浙江人民美术出版社，2019.1
（成长的烦恼）
ISBN 978-7-5340-7270-3

Ⅰ.①没… Ⅱ.①吉… ②艾… ③梅… Ⅲ.①儿童故事—法国—现代 Ⅳ.①I565.85

中国版本图书馆CIP数据核字(2019)第013334号

责任编辑：张嘉杭
责任校对：黄　静
责任印制：陈柏荣

没有手机的生活

［法］吉普　著／艾迪斯·香彭　绘
梅思繁　译

出版发行　浙江人民美术出版社
　　　　　（杭州市体育场路347号）
网　　址　http://mss.zjcb.com
经　　销　全国各地新华书店
制　　版　杭州真凯文化艺术有限公司
印　　刷　浙江新华数码印务有限公司
版　　次　2019年1月第1版·第1次印刷
开　　本　710mm×1000mm　1/16
印　　张　2.5
字　　数　10千字
书　　号　ISBN 978-7-5340-7270-3
定　　价　20.00元

■关于次品（如乱页、漏页）等问题请与承印厂联系调换。严禁未经允许转载、复写复制（复印）。